12公尺

飛在空中的大怪獸。

我想坐在牠背上，再叫牠一口咬住空中的飛機。

禽　龍

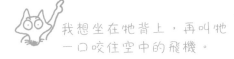

9公尺

這個～

我們比較喜歡吃下面

比起禽龍的肉來說

小籠包

22～25公分

炒烏龍

22～25公分

超　龍

31公尺

是目前為止
所發現的化石中
體型最大的恐龍，
有五層樓
那麼高。

我想坐著
超龍
在街上散步。
可是牠太大了，
我還得蓋一座比
佐羅力城堡還豪華
的寵物「小屋」
給牠耶。

怪傑佐羅力之拯救小恐龍

文·圖 **原裕** 譯 周姚萍

夏天午後的太陽熱辣辣的照著，讓人受不了。然而更讓人受不了的，是佐羅力他們的歌聲。

如果還有恐龍活在這世上，我就馬上馴服牠，把牠訓練成一隻瘋狂踩爛大廈和公園、讓世界上所有人都感到驚嚇的可怕恐龍。

沒錯、沒錯，就是這樣，

無人能敵的佐羅力大師，

不管出現了什麼樣的恐龍，

都能馬上和牠變成朋友。

嘿吼！嘿嘿吼！

嘿吼！嘿嘿吼！

嘿吼！嘿吼！嘿嘿吼！

唱著歌的佐羅力三人，突然

露出驚訝的表情，呆呆的站著不動，

因為他們看到這樣的招牌──

秀 一一

● 只能在電影和動畫中看到的恐龍，現在即將出現在大家的面前！！

地點 孟加拉巨蛋

票價 成人 500 元
兒童 250 元

怎麼有這種好事？
我們希望恐龍還活著的願望，竟然成真了。
在哪裡？恐龍在哪裡？
恐龍在哪裡？

哇！讓牠變成我們的夥伴，一起大鬧特鬧，大家一定會感到頭痛的。

只付一張票的錢
卻能三人進場的妙計

◎佐羅力坐在伊豬豬和
魯豬豬的肩膀上。

◎穿上長大衣就變成這樣。

•伊豬豬和魯豬豬都
 只用單腳跳著走。

巨蛋四周人山人海，買票的隊伍排得很長，

大家都想看傳說中的夢幻恐龍一眼。

佐羅力三人為了只付一張票的錢，

想出這樣的妙計。

佐羅力和伊豬豬、魯豬豬蒙混過關，順利進了巨蛋。找一找，他們在哪裡呢？

孟加拉為各位獻上的
超酷恐龍
秀一

當你找到他們三個人時，恐龍秀就差不多要開始了。

9

「各位女士、各位先生，

讓大家久等了。

我就是這場超酷

恐龍秀的團長，

名叫——

孟加拉。

我在

歐多島的

叢林裡，

10

費盡千辛萬苦，

整整花了

一個月的

時間尋找，

總算帶回了

世界的祕密、

宇宙的奇蹟，

請大家看看這裡！」

孟加拉的手往上一揮——

11

快把三張票的錢，退還給我們。

舞臺中央出現了一個鐵籠子。

鐵籠子裡站著一頭眼中含淚的小恐龍。

「咦？什麼嘛！那只不過是一隻蜥蜴嘛！」

「給我們看恐龍！我們要看恐龍！」

大家鬧哄哄的。但是，

螢幕上馬上播放出一張照片。

「其實我真的發現了照片中這頭巨大的恐龍，但牠實在是太巨大了，

我沒辦法抓牠回來，

所以只好帶回這頭小恐龍，

準備好好養育牠，

十年後，這頭小小的恐龍

將會長成一頭讓人必須抬頭仰望的

大恐龍。各位，這十年當中，

請持續來看秀，守護著小恐龍長大。」

「喂喂喂，等一等！」

15

佐羅力衝上了舞臺。

「十年？太久了，誰願意等那麼久啊，本大爺馬上就去把那頭大恐龍帶來嚇死大家！！」

「哈哈哈，你胡說八道些什麼呀？狐狸先生。

16

像我這麼力大無窮的人，都覺得

牠太過巨大了，根本帶不回來。

你瘦成這樣，

還敢說大話！」

「什麼！本大爺才不用

蠻力呢，我靠的是腦袋。

對佐羅力大爺來說，

世上沒有不可能的事——」

佐羅力的聲音回響在巨蛋中。

那天晚上，佐羅力為了出發去抓恐龍而開始準備。

18

耶！我畫好了！

嘿嘿，本大爺要把那頭大恐龍

當成寵物，帶著牠

到處瘋狂作亂，嘻嘻呵呵。

讓全世界落入恐怖的森煙，

喔不，是落入

恐怖的「深淵」。

佐羅力整夜畫著神祕設計圖

直到天亮。

第二天早上，佐羅力他們出發前往恐龍所在的歐多島。
這麼小的船，有辦法把恐龍帶回來嗎……
一切都交給本大爺啦。

他們一抵達小島的叢林，立刻開始搜尋恐龍。
我們分頭去找吧。
恐龍體型很大，一定很快就能找到。

經過了
三個小時後。

「啊，魯豬豬，
找到了嗎？」

「佐羅力大師，
沒找到耶。」

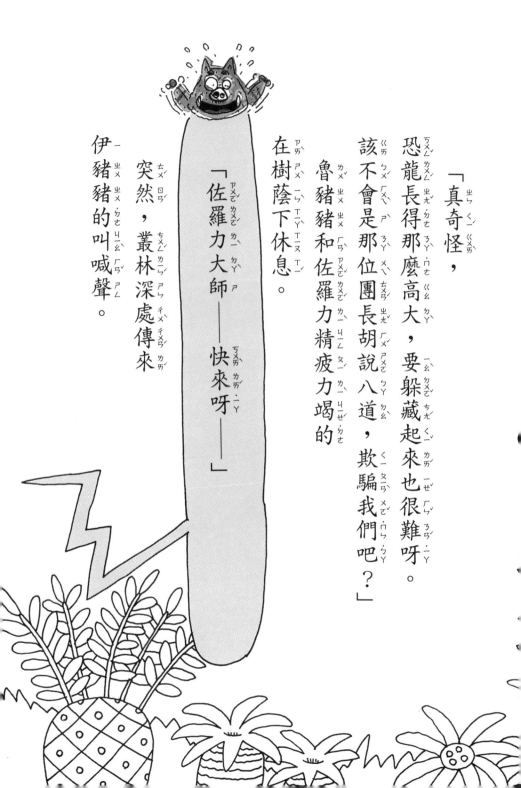

「真奇怪，
恐龍長得那麼高大，要躲藏起來也很難呀。
該不會是那位團長胡說八道，欺騙我們吧？」

魯豬豬和佐羅力精疲力竭的
在樹蔭下休息。

「佐羅力大師——快來呀——」

突然，叢林深處傳來
伊豬豬的叫喊聲。

他們朝聲音傳來的
方向飛奔而去，看到
伊豬豬很得意的站在那裡。
「怎麼樣？我很厲害吧。
我只憑自己的力量就抓到恐龍了。」
伊豬豬為了
不讓恐龍逃走，
還特地用
一條繩子

伊豬豬
好厲害喔。

喔，做得好，
伊豬豬
真有你的。

將恐龍的尾巴，和自己的肚子牢牢的綁在一起。

佐羅力大師，到明天吃早餐前，這隻大恐龍就交給我來看守吧……

恐龍就咚、咚、咚，慢吞吞的往前走去。這麼一來，伊豬豬也一起被恐龍拖向叢林深處，

啊！

伊豬豬！

啊！

伊豬豬的大話還沒說完——

並漸漸的消失蹤影。

哇？牠被我抓住了耶，怎麼說走就走呀！

「佐羅力大師，伊豬豬被帶走了耶，怎、怎麼辦？」

「別擔心，本大爺整夜沒睡，設計了『活捉大恐龍機關』，一定能抓到大恐龍，當然也能平安的救出伊豬豬。」

啊丫

佐羅力從背包裡
拿出神祕設計圖，露出賊賊的笑容。

於是佐羅力和
魯豬豬砍下了
叢林的樹木，
開始製作活捉
大恐龍的機關。

佐羅力之活捉大恐龍機關

恐龍玩偶裝

葡萄乾　　雞蛋

· 穿上恐龍玩偶裝後，眼睛可以從這裡看到外面。

· 玩偶裝是由叢林的落葉黏貼而成的，外層再漆上油漆。

從海邊撿來的貝殼

① 首先，利用恐龍玩偶，將大恐龍引誘過來。

② 當大恐龍跑到 ✕ 的標記那裡時，佐羅力就用斧頭砍斷繩索。

答答答答答答

將大恐龍運往海裡的木筏。

☆佐羅力大師熬夜畫出的設計圖，其實只是個砍斷繩子，讓籠子掉下來的簡單機關。請爸爸也做一個給你吧！！

③籠子從大恐龍的上方掉下，就能成功罩住大恐龍。

恐龍玩偶裝要由誰來穿呢？

木筏
這樣就能載著恐龍在海上航行。

停止裝置
（萬一快翻車時可以停下來）。

本大爺真是太聰明啦——

果然，
就是
由我來穿
恐龍玩偶裝。

「來，魯豬豬，

那頭恐龍看到你，

一定會以為你是牠的同伴

而跟過來。

你一定要成功的把牠

引誘到籠子這邊喔。

這個重要的任務

關係著伊豬豬的死活，

加油啦。」

32

哈囉，各位，本大爺
就這樣抓住了大恐龍。
準備明天一早帶回去。
請大家也要好好的
幫忙看守，別讓牠逃了。
雖然事情的進展，
到現在都還很順利，
但是，
千萬別打開籠子門！！
知道嗎？

38

大恐龍一跑出籠子，
就抓住穿著玩偶裝的魯豬豬，
並且緊緊抱住他。
結果玩偶裝一下子就散開了，
魯豬豬也因此原形畢露。

我……我的肉很硬，很難吃，不要吃我啊！

盯著魯豬豬看的大恐龍，瞪大了眼睛，還張開了大嘴——

哇，魯豬豬要被吃掉啦！

恐龍哭了起來。

牠的淚滴有大西瓜那麼大，啪嗒啪嗒的落在地上。

「怎麼了？怎麼了？發生什麼事？你為什麼哭呢？」

佐羅力一邊躲開淚滴，一邊問道。

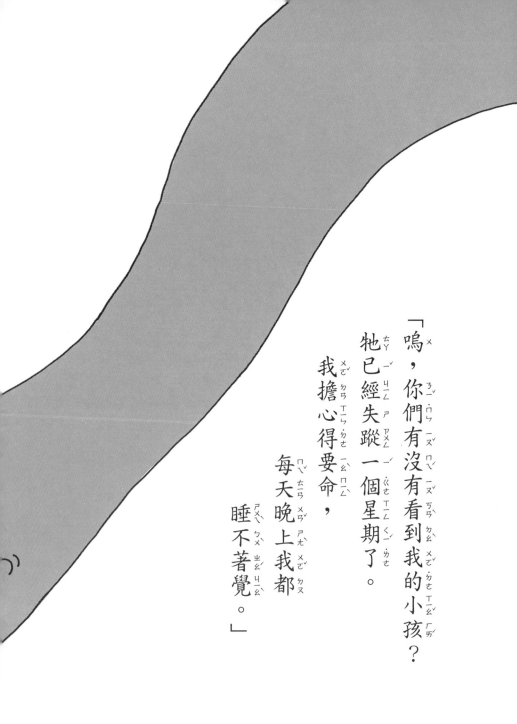

「嗚，你們有沒有看到我的小孩？

牠已經失蹤一個星期了。

我擔心得要命，

每天晚上我都

睡不著覺。」

「你的小孩？

該不會是在巨蛋

看到的那一頭

小恐龍吧……」

「咦？你在哪裡看到

我的小孩了？」

恐龍彎下長長的脖子，

湊近佐羅力的臉龐

問道。

「對了，佐羅力大師，

那頭小恐龍還真的

淚眼汪汪耶。」

「那個名叫

孟加拉的人，

一定是從這位媽媽

身邊帶走小恐龍，

利用牠來展覽賺錢。」

「嗯，沒有媽媽的小孩
多麼可憐哪。

沒有媽媽的孤單，
本大爺比誰都清楚，

嗚嗚。

我絕不原諒
偷走小孩
的人——」

49

「我不能在這裡空等，
請帶我一起去吧！」

「恐龍媽媽，
請別擔心。
我們一定會
把你的小孩
帶回來的。」
佐羅力一說完，
恐龍媽媽就說：

於是，佐羅力三人

由恐龍媽媽

載著，

游進了大海，

全速朝巨蛋

的方向游去。

深夜時分，佐羅力他們

抵達了巨蛋。

「噓——大家一定

都睡熟了。恐龍媽媽，

你的體型太大，

很容易被發現，

請找個地方躲起來等待，

本大爺一定會救出小恐龍，

把牠帶回你身邊的。」

噓

佐羅力和伊豬豬、
魯豬豬，悄悄的
潛入巨蛋。

佐羅力馬上就去孟加拉的房間找。因為關住小恐龍的籠子鑰匙，一定在孟加拉身上。

嘻嘻呵呵嘻嘻，把重要的鑰匙套在肚臍眼上是吧？睡姿怎麼這麼醜，真受不了。

這裡！這裡！

孟加拉圈長的房間

正當佐羅力悄悄的從肚臍眼

拿起鑰匙時，

咕喔喔喔、嚕喔喔

咕——喔喔喔——

看到美味水果的

伊豬豬和

魯豬豬，

肚子竟然

發出非常

嘎啦

巨大的聲響。

隆隆隆隆隆隆隆

咕隆隆隆隆隆隆

是誰
溜進了
我的房間──
！！

佐羅力大師，
就趁現在，
快點去救
小恐龍呀！！

什麼！
原來你們
是來偷
小恐龍的！

佐羅力緊緊握著鑰匙，

狼吞
虎嚥

簧簧

踢破了牆壁，往放著
恐龍籠子的舞台
飛奔而去。

嘿嘿嘿，
有了
這把鑰匙，
就等於
已經救出
小恐龍了。

答答答答

59

答答答答答答答

佐羅力打開
籠子的門鎖。

「小子，
你的媽媽
在外面
等著你呢。
來，
快逃。」

這時候，

喀嚓

突然，巨蛋所有的燈都亮了起來。

抓住伊豬豬和魯豬豬的孟加拉現身了。

「哈哈哈，我不可能讓你們這麼簡單就逃走的，看看這個！」

孟加拉說著，拉下牆壁上的操縱桿。

碰！！

籠子下的柱子
直往空中竄，
穿破了巨蛋的屋頂，
朝著夜空繼續快速上升。
籠子裡的佐羅力和
小恐龍也被
困在高空中。

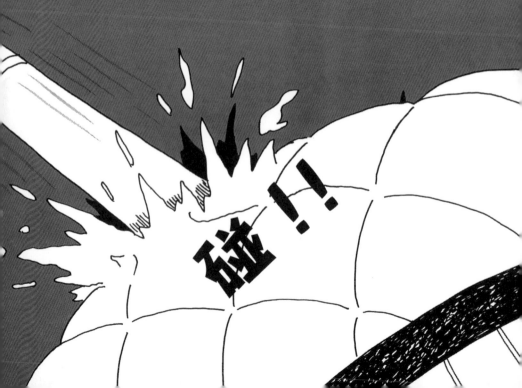

「嗚哇！如果從
這麼高的地方
跳下去，
一定會死翹翹。
好可怕喔，
媽媽——」
小恐龍
哇哇的哭了。

這種情況，
就算是佐羅力
也不知道
怎麼脫困了。
「本大爺也
好想哭喔——
天堂的媽媽，
我該怎麼辦哪？」
就在這時……

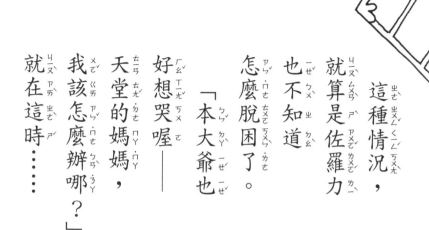

沒錯，恐龍媽媽出現了。從毀損的巨蛋暗處出現了一個巨大的身影。

「孩子，媽媽會在這裡牢牢的接住你，別怕，拿出勇氣往下跳吧。」

67

佐羅力對著淚眼汪汪的小恐龍說：

「一點都不用害怕，不管什麼時候，媽媽都會守護著孩子。

這點本大爺最了解了。媽媽一定會安全的接住你。

來，和本大爺一起跳到媽媽的懷抱裡吧。」

一、二、

然而，他們的運氣
很不好，從海的那邊
突然吹來一陣強風，
將佐羅力和
小恐龍
吹走了。

嗚哇（ㄨ ㄨㄚ）！

媽媽（ㄇㄚ ㄇㄚ）雖然（ㄙㄨㄟ ㄖㄢ）努力（ㄋㄨˇ ㄌㄧˋ）
張開（ㄓㄤ ㄎㄞ）雙臂（ㄕㄨㄤ ㄅㄧˋ），
卻（ㄑㄩㄝˋ）無論（ㄨˊ ㄌㄨㄣˋ）如何（ㄖㄨˊ ㄏㄜˊ）也（ㄧㄝˇ）
接不到（ㄐㄧㄝ ㄅㄨˋ ㄉㄠˋ）。

啊（ㄚ）！眼看著（ㄧㄢˇ ㄎㄢˋ ㄓㄜ）小恐龍（ㄒㄧㄠˇ ㄎㄨㄥˇ ㄌㄨㄥˊ）和（ㄏㄢˋ）
佐羅力（ㄗㄨㄛˇ ㄌㄨㄛˊ ㄌㄧˋ）
就要摔得（ㄐㄧㄡˋ ㄧㄠˋ ㄕㄨㄞ ㄉㄜˊ）
粉身碎骨（ㄈㄣˇ ㄕㄣ ㄙㄨㄟˋ ㄍㄨˇ）了（ㄌㄜˊ）。

呼咻咻咻——！

恐龍媽媽趕緊將
自己的脖子
盡可能的伸長，
伸向佐羅力和
小恐龍那兒。

就在這個

千鈞一髮之際，

佐羅力和

小恐龍

落在恐龍媽媽

的腦袋上，

並順著牠的

脖子往下滑──

太厲害了！！

嚕 嚕 嚕 嚕 嚕 嚕

碰咚！！

他們撞上了孟加拉。

孟加拉成了小恐龍的防護墊，被壓住而動彈不得。

哇啊──！

「媽媽——！！」

小恐龍開心的奔向了媽媽的懷抱。

「太好了，這真是太好了。」

寶貝，你沒受傷吧？」

「嗯，我沒事，媽媽，您的頭沒關係吧？」

「嗯，沒關係，媽媽很強壯的，腫起一個包算不上什麼。」

真的是——世上只有媽媽好啊。

魯豬豬，趁著他還動不了的時候，把他綁起來吧。

「我的孩子能得救，真的要謝謝你們。」

「佐羅力大師，

既然恐龍媽媽想謝謝我們，

那我們就請牠到街上大鬧特鬧，

當成謝禮，怎麼樣啊？」

「好耶，這樣太酷了。」

「蠢蛋！如果這麼做，

牠們很可能被別人抓走耶！

恐龍媽媽和小恐龍

最好趕快回叢林去。」

清晨的太陽緩緩上升，

海面染上橘色的光芒。

恐龍母子不停的道謝，

然後游進大海，

往島上的叢林游去。

佐羅力一抬頭

望向天空，媽媽

似乎也在那兒

守護著他呢。

伊豬豬，這次的
結局好感人哪。

嗚——

☆ 和恐龍母子一起拍的紀念照

　（媽媽不在身邊的佐羅力，有一點兒感傷，但是
　　他的媽媽卻在照片上的某個地方守護著他喔。）

● 作者簡介

原裕 Yutaka Hara

一九五三年出生於日本熊本縣，一九七四年獲得ＫＦＳ創作比賽
「講談社兒童圖書獎」，主要作品有《小小的森林》、《手套火箭
的宇宙探險》、《寶貝木屐》、《小嘆出門買東西》、《我也能變得
和爸爸一樣嗎?》、【輕飄飄的巧克力島】系列、【膽小的鬼怪】
系列、【菠菜人】系列、【怪傑佐羅力】系列、【鬼怪尤太】系列、
【魔法的禮物】系列等。

● 譯者簡介

周姚萍

兒童文學創作者、童書譯者。著有《日落臺北城》、《臺灣小兵造
飛機》、《山城之夏》、《我的名字叫希望》等書，譯有【名偵探】
系列等。曾獲金鼎獎優良圖書推薦獎、聯合報讀書人最佳童書獎、
幼獅青少年文學獎、九歌年度童話獎、好書大家讀年度好書等獎
項。

國家圖書館出版品預行編目資料

怪傑佐羅力之拯救小恐龍

原裕 文、圖；周姚萍 譯 –

第一版. – 台北市：天下雜誌, 2011.07

92 面；14.9x21公分. – （怪傑佐羅力系列；9）

譯自：かいけつゾロリの大きょうりゅう

ISBN 978-986-241-294-7（精裝）

861.59　　　　　　　　100005469

かいけつゾロリの大きょうりゅう

Kaiketsu ZORORI sereies vol.07

Kaiketsu ZORORI no Daikyouryu

Text & Illustraions ©1990 Yutaka Hara

All rights reserved.

First published in Japan in 1990 by POPLAR Publishing Co., Ltd.

Traditional Chinese translation rights arranged with POPLAR Publishing Co., Ltd.

through Future View Technology Ltd., Taiwan

Traditional Chinese translation rights © 2011 by CommonWealth Education Media and Publishing Co.,Ltd.

怪傑佐羅力系列 09

怪傑佐羅力之拯救小恐龍

作者｜原裕

譯者｜周姚萍

責任編輯｜張文婷

特約編輯｜蔡珮瑤

美術設計｜蕭雅慧

美術編輯｜蔡珮瑤

媒體暨產品事業群

總經理｜游玉雪

副總經理｜林彥傑

總編輯｜林欣靜

資深主編｜蔡忠琦

版權主任｜何晨瑋、黃微真

董事長兼執行長｜何琦瑜

天下雜誌群創辦人｜殷允芃

出版者｜親子天下股份有限公司

地址｜台北市 104 建國北路一段 96 號 4 樓

電話｜（02）2509-2800

傳真｜（02）2509-2462

網址｜www.parenting.com.tw

讀者服務專線｜（02）2662-0332

週一～週五：09：00～17：30

讀者服務傳真｜（02）2662-6048

客服信箱｜parenting@cw.com.tw

有聲故事書

法律顧問｜台英國際商務法律事務所・羅明通律師

製版印刷｜中原造像股份有限公司

總經銷｜大和圖書有限公司

電話｜（02）8990-2588

出版日期｜2011 年 7 月第一版第一次印行

2023 年 5 月第一版第二十一次印行

定價｜250 元

書號｜BCKCH022P

ISBN｜978-986-241-294-7（精裝）

訂購服務

親子天下 Shopping｜shopping.parenting.com.tw

海外・大量訂購｜parenting@cw.com.tw

書香花園｜台北市建國北路二段 6 巷 11 號

電話｜（02）2506-1635

劃撥帳號｜50331356 親子天下股份有限公司

恐龍 為什麼 會滅絕呢？

○隕石說

⊙從宇宙落下的隕石，擊中恐龍，導致恐龍滅絕。

咚

○躁動不安說

⊙恐龍的數量漸漸增多，食物愈來愈少，大家愈來愈不安，壓力愈來愈大，因而導致滅亡。

不安
不安
不安
不安

簡直像塞爆的公車。

○火山爆發說

⊙火山爆發造成氣溫升高，讓恐龍無法存活。

哎呀呀

○便祕說

⊙大家都深受便祕之苦，所以就絕種了。

嗯

• 恐龍的滅絕是個謎，有許多的說法，但真相到底是什麼卻沒有人知道。等你長大以後來解開這個謎吧。